„Talk" mit Franz Josef Strauß

Gottfried Ebenhöh

„Talk" mit Franz Josef Strauß

Aktuell wie ehedem!

„Kompiliert" und herausgegeben
von
Gottfried Ebenhöh

Bibliografische Information der Deutschen Nationalbibliothek:
Die Deutsche Nationalbibliothek verzeichnet diese Publikation
in der Deutschen Nationalbibliografie; detaillierte bibliografische Daten sind im Internet über dnb.dnb.de abrufbar.

© 2023 – Dr. Gottfried Ebenhöh

Herstellung und Verlag: BoD – Books on Demand, Norderstedt
ISBN 9783758316982

Inhaltsverzeichnis

Vorwort

Franz Josef Strauß (1915 – 1988) war einer der „umstrittensten" Politiker unseres Landes - wie immer noch gern gesagt wird. Aber wenn für einen Politiker gegenwärtig das Wort „umstritten" auftaucht, dann weiß man, da ist einer gemeint, der eine dezidierte Meinung hat, gegen den Mainstream schwimmt, der polarisiert und der ganz bestimmt „rechts" ist.
Es müssen sogar seine hartnäckigsten Widersacher eingestehen, dass er für Bayern nach Alfons Goppel der beste Ministerpräsident war, der mit seinem Einfluss dieses Land bis heute nachwirkend an die Spitze der Bundesländer brachte.
Strauß war ein brillanter Redner und unvergessen sind für Ältere die damaligen Debatten im Bundestag in Bonn, das

Klingenkreuzen vor allem mit Herbert Wehner und den
„Sozis“.
Strauß focht oft mit schwerem Säbel, meist aber doch mit
dem Florett. Denn er war ein immens gebildeter Mann,
scharfzüngig, dabei aber auch ein „Urviech“, wie man in
Bayern sagt.
Er war eine Stimme der praktischen Vernunft in der deut-
schen Politik. Er konnte aber auch emotional werden, vor
allem, wenn es gegen die in seine Augen ausgemachten
Feinde und Zerstörer unseres Gemeinwesens ging.

Was er in zahllosen Interviews und Reden zur Entwicklung
in der bundesdeutschen Politik sagte, erweist sich als
nahezu hellseherisch. Auch an der Einschätzung von
„Parteifreunden“ oder potentiellen Nachfolgern kann
„posthum“ nichts gedeutet werden – wie das alles in
desem Büchlein in den „Interviews“ von 2012, 2017 und
2023, ausschließlich mit Zitaten von ihm „verkostet“
werden kann. Wiederholungen sind zwecks Verdeutli-
chung gelegentlich beabsichtigt.
Die Botschaften von Strauß, all seine Aperçus und geist-
reichen Äußerungen, auch seine Grobheiten gegen politische Gegner und „Parteifreunde“, sind in der deutschen
Politik unerreicht. Und wenn auch das manchem nicht
gefallen mag.

Das erste Interview 2012

Wir führten das Gespräch mit Strauß an seinem derzeitigen und durchgehenden Aufenthaltsort auf Wolke Nr. 7. Er wartet dort darauf, nach einem letzten Purgatorium endlich von Petrus in den Himmel eingelassen zu werden. Dort, wo bereits der Brandner Kasper, der Münchner Dienstmann Alois Hingerl und sicher auch der Hundhammer Alois, der christlichste aller bayerischen Politiker je, an den heiligen Schanktischen beim ewigen Biertrinken und Schafkopfen auf ihn warten.

Sehr geehrter Herr Strauß, in welcher Stimmung befinden Sie sich augenblicklich?

Dankbar rückwärts, mutig vorwärts, gläubig aufwärts.

Wenn Sie auf Ihr Wirken zurückblicken, wie sehen Sie das heute.

Man soll die Mumie endlich einmal im Grab lassen und nicht das Grass fressen, das darüber gewachsen ist.

Aber lassen Sie mich nach dieser humorvollen und nicht gehässig formulierten Darstellung etwas Ernsteres sagen.

Ich halte es für eine Zumutung, wenn der Bürger, der kommt, um vom Politiker Auskunft zu erhalten, mit nichtssagenden Floskeln bedient wird.

Was können Sie uns zur deutschen Politik vorhersagen?

Ich bin kein Wetterhäuschen für die Zukunft der deutschen Politik.

Ihr langjähriger Vertrauter, Wilfried Scharnagel, Herausgeber des Bayernkuriers hat sich offen für eine

Abspaltung des Freistaats Bayern von der Bundes-republik ausgesprochen.

Ich bin zwar mit ihm befreundet, aber er ist ein Filz-pantoffel-Politiker, das sage ich ihm auch selber.

Von Bayern gehen die meisten politischen Dummheiten aus. Aber wenn die Bayern sie längst abgelegt haben, werden sie anderswo noch als der Weisheit letzter Schluss verkauft.

Wir Bayern müssen bereit sein, wenn die Geschichte es erfordert, notfalls die letzten Preußen zu werden!

Wenn die Verflachung der Politik beginnt, kommt aus den bayerischen Bergen die Rettung.

Und Europa?

Die Europa-Idee liegt tief unter einem Berg von Butter, von Rindfleisch, von Magermilchpulver und Schweinefleisch.

Die Italiener kommen mit Verhältnissen zurecht, unter denen die Deutschen längst ausgestorben wären.

Die Franzosen bauen Kernkraftwerke, wie die Metzger Knackwürste produzieren.

Was würden Sie dem EU-Kommissionspräsidenten Barroso sagen?

Ich bin der Sohn meines Vaters, Sie sind der Amtsnachfolger Stalins.

Was halten Sie von Euro-Gruppenchef Juncker?

Der ist eine armenische Mischung aus marokkanischem Teppichhändler, türkischem Rosinenhändler, griechischem Schiffsmakler und jüdischem Geldverleiher...

Das ist aber starker Tobak...

Ich weiß, dass ich mich in meinem Leben schon einige Male geirrt habe und befürchte, dass das auch in Zukunft nicht mit absoluter Sicherheit ausgeschlossen werden kann. Ich hoffe, dass ich der Einzige bin, für den das zutrifft und alle anderen sich nie werden irren können.

Wie sehen Sie den Parlamentarismus in Deutschland im Jahre 2012?

Sitzung ogsetzt, highetzt, abghetzt, se higsetzt, se zsammgsetzt, ausanandergsetzt, d'Tagesordnung festgsetzt, wieder abgsetzt, ersetzt, Kommissionen eigsetzt, Kommissionen bsetzt, umbsetzt, gschätzt, nix gsagt, vertagt, z'letzt neu ogsetzt, vui san zsammakumma, nix is rauskumma, Sitzung umma …
Sicher ist ihnen das Wort Schumpeters bekannt, dass sich eher ein Mops einen Wurstvorrat halten kann, als dass ein Parlament darauf verzichtet, vorhandenes Geld auszugeben!
Politik ist auch die Gabe der Beherrschung, sich die Definition 'notwendig' nicht von falschen Maßstäben des Ehrgeizes diktieren zu lassen.

Nach einer Umfrage vertrauen 75% der deutschen Wähler der Bundeskanzlerin Frau Merkel.

Vox populi, vox Rindvieh.

Was halten Sie von der SPD und deren Spitzenleuten heute?

Das eigenartige an Sozialisten ist doch, dass sie ihre Lehren aus der Vergangenheit ziehen, in der Gegenwart versagen und für die Zukunft goldene Berge versprechen.
Irren ist menschlich, aber immer irren ist sozialdemokratisch.
Die Sozialisten von heute haben aus der Vergangenheit nichts gelernt, sie haben keine Dummheit vergessen und keine Weisheit gelernt.
Es stimmt nicht, dass ich jeden Tag zum Frühstück einen Sozi esse. Ich esse nur, was ich mag.

Ich will lieber ein kalter Krieger sein, als ein warmer Bruder.
Everybody`s darling ist bald everybody´s Depp.

Ich glaube, es ist reizvoller, in Alaska eine Ananasfarm aufzubauen, als in Deutschland das Bundeskanzleramt zu übernehmen.
Aber das mit der Ananasfarm geht jetzt leider nicht mehr, weil inzwischen die Energiekosten zu stark gestiegen sind.

Dem Bürscherl hätte man rechtzeitig Kunstdünger in die Schuhe schütten müssen.

Thema Energiekosten und Klimawandel....

Wenn man den Kopf in der Sauna hat, und die Füße im Kühlschrank, sprechen Statistiker von einer angenehmen mittleren Temperatur.
Weltanschauungen sind dogmatische Bastarde, gezeugt aus ungeduldiger Quasi-Religiosität, die gleichsam die Apokalypse nicht erwarten kann.
Geld ist geil wie ein Bock und scheu wie ein Reh.

Was halten Sie von der politischen Entwicklung in Nordafrika?

Afrika ist kein Exerzierfeld für pervertierte Vorstellungen von parlamentarischer Demokratie.
Wenn ich das Verhalten der Europäer und der Amerikaner betrachte, dann fällt mir der Zug der Lemminge ein, jener Tiere, die sich ins Meer stürzen.
Haben die Herren denn keine Ahnung von den wirk-

lichen Verhältnissen. Sie stochern doch wie Blinde im Nebel herum.

Was passiert, wenn in der Sahara der Sozialismus eingeführt wird? Zehn Jahre überhaupt nichts, und dann wird der Sand knapp.

Je länger das Dritte Reich vergangen ist, umso intensiver scheinen uns heute die Schatten der Vergangenheit zu beschäftigen.

Wir wollen von niemandem mehr, weder von Washington, noch von Moskau, von keinem europäischen Nachbarn, auch nicht von Tel Aviv, ständig an unsere Vergangenheit erinnert werden.

Aber die Medien...

Journalisten sind Jubel-jaulende Hofhunde.
Der Spiegel ist die Gestapo des heutigen Deutschlands. Es gibt dort Tausende von Personalakten. Wenn man die Nazi-Vergangenheit Deutschlands betrachtet, so hat fast jeder etwas zu verheimlichen.

Das ermöglicht Erpressungen. Ich war gezwungen dagegen vorzugehen.

Ein Schlusswort Herr Strauß.

Ich würde mit meinen Buben viel lieber in der Schweiz leben als in Deutschland.

Wir danken für das Gespräch!

Der Herausgeber verbürgt sich für die Authentizität der Strauß'schen Aussagen. Da ist nichts „erstunken oder erlogen". Nur folgendes Zitat ist abgewandelt:

"Seehofer wird nicht Bundeskanzler, eher wird Angelika Merkel deutsche Schönheitskönigin."

Zur Bundestagswahl 2017

Bereits vor fünf Jahren gab uns Franz Josef Strauß ein Interview, als wir ihn in seiner Warteposition auf Wolke 7 vor dem Eingang zum Himmelreich besuchen durften; wo - wie schon erwähnt - bereits bekannte bayerische Größen an dem heiligsten Stammtisch noch auf ihn warten.

Aus der vom Himmel erkannten Not der Zeit heraus wurde uns ein zweiter Besuch erlaubt und so können wir dem geneigten Leser die aktuellen und von uns verbürgten Ansichten des vormaligen bayerischen Archonten zur Bundestagswahl 2027 zur Kenntnis bringen.

Das Interview 2017:

Herr Strauß seit unserem letzten Gespräch sind fünf Jahre vergangen und Sie sitzen weiter hier auf der Wolke 7, wie fühlen Sie sich heute?

Für mich ist's gar nicht mehr schön: Der Wehner kommt nicht mehr, der Schmidt will nicht mehr, was hab' ich da noch hier verloren?

Wie sehen Sie aus Ihrer Warte die Situation in Deutschland im Jahre 2023?

Die Stimmung im Land lässt sich mit den ‚fünf U‘ beschreiben: Ungewissheit, Unsicherheit, Unbehagen, Unruhe und politische Unzufriedenheit.

Wer hat denn Schuld an der Misere?

Es wird Zeit, dass der rote Terror gebrochen wird.

21

Von Platon über Rousseau bis zu Marx und Lenin zieht sich gleich einem roten Faden geometrisches Ordnungsdenken von Utopisten wie eine Gegenmelodie zur Individuation durch die Geistesgeschichte unseres Kontinents. Als Gesamtlösungen tragen ihre kollektivistischen Staats- und Gesellschaftsentwürfe zwangsneurotische Züge und müssen als Symptome einer aberratio mentis verstanden werden, von der eine gefährliche Wirkung ausgeht. Vor allem jene, meist junge Menschen, die sich geistig noch nicht der Macht der Wirklichkeit gebeugt haben und sie idealistisch überfliegen möchten, sind gegen solche Ansteckungsgefahren kaum gefeit. Ideal und ideologisches Modell sind wahlverwandt. Allzu leicht verwechselt der von den Teufeln des Details noch nicht geschundene junge Geist die beiden. Deshalb ist es ja für Ideologien nicht allzu schwer, gerade die jungen Menschen für sich zu begeistern.

Was muss sich dann ändern?

Die Todfeinde einer Marktwirtschaft heißen Inflation und Marxismus. Beide sind gegenwärtig ein lebens-

bedrohendes Bündnis eingegangen. Die Inflation des Geldes als Ausdruck der Wünsche hat neben tiefreichenden wirtschaftlichen Schäden den geistigen Nährboden für sozialistische Ideologien des Neides und der Gleichmacherei aller Schattierungen geschaffen, die über die Tarnworte 'Verbesserungen', 'Reformen' bis hin zu 'Systemüberwindung' eine Umverteilung und eine funktionärsgesteuerte staatliche Verwaltungswirtschaft zum Ziel haben.
Was wir hier in diesem Land brauchen, sind mutige Bürger, die die roten Ratten dorthin jagen, wo sie hingehören – in ihre Löcher.

Das erste Mal hat sich in Deutschland mit der AfD eine Partei rechts von der CDU/CSU in den Ländern etabliert und wird aller Voraussicht in den Bundestag einziehen. Was sagen Sie dazu?

Wenn es einer seriösen Rechtspartei gelingt, auf Dauer über die Fünf-Prozent-Hürde zu kommen, wäre die Kombination aus CDU, CSU und FDP nicht mehr mehrheitsfähig. Eine Koalition von SPD und Grünen ist für mich keine demokratisch akzeptable

Alternative. Der Gedanke einer Großen Koalition weckt mehr Unbehagen als Zuversicht. Wo also bleibt die Bewegungsfähigkeit der Union? Man erkennt nicht, dass auf der rechten Seite des Spektrums zwangsläufig ein Vakuum entstehen muss, wenn sich die CDU auf einen Wettlauf nach links einlässt. Es geht nicht um rechtsradikale Narren, aber wenn sich eine Rechtspartei bildet mit einem populistischen Programm und einer charismatischen Führung, dann stimmt die ganze Lagertheorie von CDU und FDP endgültig nicht mehr. Dann müsste man entweder mit dieser Rechtspartei und der FDP zusammengehen, was kaum möglich ist, oder das Ziel einer neuerlichen linken Koalition wäre nach den nächsten oder übernächsten Bundestagswahlen erreicht.

Die CDU/CSU kämpft einen offenkundig vergeblichen Kampf gegen diese neue Partei – wenn man den Umfrageergebnissen glauben kann.

Ich greife mir ans Hirn, warum die politischen Pygmäen der CDU, die nur um ihre Wahlkreise kämpfen, diese Zwerge in Westentaschenformat, diese Reclam-

Ausgabe von Politikern, warum die sich empören, wenn der Gegner ... reagiert.

Ich will mit dem Wort Dummköpfe vorsichtig sein. Das wollen wir der Endabrechnung des lieben Gottes überlassen.

Frau Merkel ist nun seit zwölf Jahren Bundeskanzler. Wie es aussieht, kann sie den Rekord von Helmut Kohl mit 16 Jahren Amtszeit brechen. Wer war oder ist nach Ihrer Ansicht der bessere Kanzler – Helmut Kohl oder Frau Merkel?

Wenn man mich fragt, wer der größere Dichter sei, Goethe oder Schiller, sage ich immer ja.

Man bezeichnet Frau Merkel als die mächtigste Frau der Welt. Wie sehen Sie das?

Ich habe in meiner etwas karikaturhaften, manchmal groben Sprache gesagt: Das kommt mir genauso vor, wenn der kleine Max mit der Kindertrompete neben der Militärmusik herläuft und sagt, er habe das

Marschkonzert bestimmt.

Das Ausland empfindet es schlichtweg als unerträglich, von Deutschland ohne Unterlass ermahnt und belehrt zu werden. Die Politik zum Schutze der Umwelt ist dafür nur ein Beispiel. Kein vernünftiger Mensch und schon gar nicht ein konservativer Politiker, für den das Bewahren ein wichtiges Wesenselement darstellt, wird sich dieser Herausforderung verweigern. Der emotionsgeladene Fanatismus aber, der in dieser Frage insbesondere von linken und grünen Kreisen praktiziert wird, stößt ab und alarmiert. Er weckt draußen Misstrauen gegen die irrationalen Deutschen, die offensichtlich wieder einmal glauben, am deutschen Wesen müsse die Welt genesen.

Frau Merkel scheint aber innerhalb der CDU unumstritten. Ihr Generalsekretär erlaubt sich, zu sagen, „wer gegen Merkel ist, ist " – verzeihen Sie – „ein Arschloch".

Es gibt ja wirklich in der CDU die Krankheit, die kenne ich schon seit Jahren, die äußert sich also immer wieder in selbstmörderischen Äußerungen nur aus Gründen interner Feindseligkeit, interner Rivalitäten oder neidhammelhafter Haltung.

Auch die Medien scheinen fast ausschließlich auf der Seite von Frau Merkel zu stehen und leisten ihr Schützenstellung im Wahlkampf z.B. gegen die AfD.

Linksübliche Medienkumpanei.

Was möchten Sie Frau Merkel raten?

Es gibt eine normative Kraft des Faktischen. Sie ist mächtig und unter Umständen gefährlich. Aber es gibt keine faktenersetzende Kraft des Phraseologischen.

Was halten Sie von Schwarz-Grün als Koalitionsoption?
Das beste Grün ist weiß-blau.

Diejenigen, die zum einfachen Leben zurückkehren

wollen, müssen sich eben dafür geeignetere Regionen aussuchen. Niemand wird sie daran hindern, das Automobil durch einen Wanderrucksack zu ersetzen und ihre Verpflegung im Freien zu suchen.

Die SPD hat mit Martin Schulz einen Gegenkandidaten zu Merkel aufgestellt, der anfänglich der SPD ja ein Hoch bescherte.

Eine unerträgliche Belastung des Parlaments und der Demokratie.
Der kann seine Füße in den Schuhen des Kanzlerkandidaten umdrehen, ohne dass sich die Richtung der Schuhe verändert.

Der CDU – mehr noch der SPD – laufen die Wähler in Scharen davon, wie kommt das?

Wie manche Pfarrer die Kirche leer predigen, reden auch manche Politiker den Saal leer.

Die Zeit der großen Debatten im Bundestag scheint vorbei zu sein – seinerzeit mit Ihnen auf der einen und mit Herbert Wehner und Helmut Schmidt auf der anderen Seite. Immer weniger Entscheidungen werden im Parlament diskutiert, sondern in den Medien – z.B. durch Diskussionen in sog. Talkshows unter das Volk gebracht. Wie sehen Sie das?

Es muss meiner Meinung nach auch heute noch möglich sein, politische Strategien zu entwickeln und durchzuführen – natürlich unter Berücksichtigung des damit verbundenen Risikos – ohne vorher darüber auf dem offenen Markt Palaver zu halten. Andernfalls hören wir auf Politik zu machen, spielt sich Politik nur ab in Meinungsumfragen, in den Schlagzeilen der Boulevardpresse, in aufgeregten Stammtischdiskussionen.

Was halten Sie von dem derzeitigen Bundeskabinett mit Ministern wie Sigmar Gabriel und Heiko Maas?

Ich bin ein großer Anhänger des Rechtsstaates. Aber den großen Lumpen muss man stärker aufs Hirn hauen als man die kleinen Leute verfolgt.

Es gibt eine Krise der Medien, man spricht gar von Lügenpresse. Einstmals renommierte Zeitungen wie der Spiegel müssen drastische Abnahmen in ihrer Leserschaft hinnehmen.

Scheißhausblatt!
Der Spiegel ist ein tiefer Ausdruck der Zerrissenheit und des Nihilismus der deutschen Seele, wobei er selbst zu dieser Zerrissenheit entscheidend beigetragen hat. Er ist Produkt und Produzent dieser Haltung gleichermaßen.

Was möchten Sie den Deutschen zur Bundestagswahl am kommenden Sonntag mitteilen?

Sagen Sie den Menschen, dass diesmal um unser Schicksal gewürfelt wird. Sagen sie den Menschen, dass sich keiner mehr dem Felsschlag der Politik ent-

ziehen kann. Es gibt kein Glück im stillen Winkel
mehr. Sagen Sie es den Verschlafenen, Verdros-
senen, Saumseligen, 'Lätscherden' und 'Lappernden'
in diesem Lande.
Vigilia pretium libertatis – frei bleibt nur, wer auf der
Hut ist!

Zur Landtagswahl in Bayern 2023

Nach den vielbeachteten Gesprächen im Jahre 2012 und zur Bundestagswahl 2017 hat uns FJS erneut und exklusiv ein Interview gegeben, diesmal zur Aufarbeitung der Landtagswahl in Bayern 2023.

Herr Strauß, wie fühlen Sie sich heute nach diesem Ausgang der Landtagswahl in Bayern?

Ich bin der, der ich war, und ich bleibe der, der ich bin.

Haben Sie es vorausgeahnt, dass es einmal so weit kommen würde: die CSU zum zweiten Mal nach 2018 bei 37 %?

Ich habe es schon einmal gesagt: „Ich bin kein Wetterhäuschen für die Zukunft der deutschen Politik.

Man hat der CSU in den Meinungsumfragen ein noch schlechteres Ergebnis prophezeit:

Es lohnt sich meistens, die Prognosen der Meinungsforscher nicht gelesen zu haben.

Ministerpräsident Söder hat betont, es gehe bei der Landtagswahl um Bayern und bayerische Themen, warum hat er dann so schlecht abgeschnitten?

Auch dem Bürscherl hätte man rechtzeitig Kunstdünger in die Schuhe schütten müssen.

Was hätten Sie ihm für den Wahlkampf geraten?

Ich bin nicht dafür bekannt, dass ich Kreide fresse, um eine angenehmere Stimme oder eine angenehmere Diktion vorzutäuschen, sondern ich bin dafür bekannt, dass ich sage, was ich denke, und dass ich auch das denke, was ich sage.

Die Grünen waren zuletzt zweitstärkste Partei in Bayern, jetzt wurden sie von den Freien Wählern und der AfD überholt. Wie beurteilen Sie das.

Das beste Grün ist weiß-blau.

Ich halte die Grünen nicht für eine demokratische Partei.

… vergrämte(n) Nazis sehr alter Jahrgänge bis zu den jugendlichen Schwärmern, dazwischen Knallrote, die mal vorübergehend als Laubfrosch im Fasching gegangen sind.

Das heutige politische Leben wird leider stark von den anpassungsfähigen und geländegängigen Typen bestimmt.

Warum halten Sie die Grünen für gefährlich?

Melonenpartei – außen grün, aber innen rot.

… Der emotionsgeladene Fanatismus (..), der in dieser Frage insbesondere von linken und grünen Kreisen praktiziert wird, stößt ab und alarmiert. Er weckt draußen Misstrauen gegen die irrationalen Deutschen, die offensichtlich wieder einmal glauben, am deutschen Wesen müsse die Welt genesen.

Claudia Roth und Anton Hofreiter aus Bayern sind zu prominenten Spitzenpolitikern der Grünen im Bund geworden, der norddeutsche Grünen-Vorsitzende und jetzige Wirtschaftsminister Habeck scheint auch in Bayern populär zu sein. Viele kleine Leute, die ehemals SPD und auch CSU gewählt haben, auch Bauern, eben Leute vom Land, nicht nur Großstädter, haben wohl „Grün" gewählt.

Popularität und politisches Gewicht sind nicht deckungsgleich.
Deren Weltanschauungen sind dogmatische Bastarde, gezeugt aus ungeduldiger Quasi-Religiosität, die gleichsam die Apokalypse nicht erwarten kann.
Ich bin ein großer Anhänger des Rechtsstaates. Aber den großen Lumpen muss man stärker aufs Hirn hauen, als man die kleinen Leute verfolgt.

Was sagen Sie den ehemaligen CSU-Wählern, es sind ja nicht wenige, die zuletzt auch zu den Grünen, übergelaufen sind?

Diejenigen, die zum einfachen Leben zurückkehren wollen, müssen sich eben dafür geeignetere Regionen aussuchen. Niemand wird sie daran hindern, das

Automobil durch einen Wanderrucksack zu ersetzen und ihre Verpflegung im Freien zu suchen.

Zur SPD. Die einstmals stolze „Königlich bayerische Sozialdemokratie" ist zur Bedeutungslosigkeit geschrumpft. Wie sehen Sie das.

Wenn man an eine große bayerische Partei denkt, dann fällt keinem der Begriff SPD ein, geschweige denn FDP oder gar noch was anderes…
Die Sozialisten von heute haben aus der Vergangenheit nichts gelernt, sie haben keine Dummheit vergessen und keine Weisheit gelernt.
Der linke Teil – eine Minderheit der Studenten, der Lehrer, der Pädagogen, der Dozenten, der Assistenten, der Psychologen, der Politologen, der Soziologen – da kommt das alles doch her. Das sind doch keine Arbeiter … Die haben in ihrem Leben doch noch nie eine Schaufel oder einen Schraubenzieher in der Hand gehabt.

Zugleich Landtagswahlen in Hessen. Der frühere CDU-Ministerpräsident Bouffier gab schon mal der CSU die Schuld für die schlechten Umfrageergebnisse der CDU.

Ich will mit dem Wort Dummköpfe vorsichtig sein. Das wollen wir der Endabrechnung des lieben Gottes überlassen.

Ich greife mir ans Hirn, warum die politischen Pygmäen der CDU, die nur um ihre Wahlkreise kämpfen, diese Zwerge in Westentaschenformat, diese Reclam-Ausgabe von Politikern, warum die sich empören über eine Haltung der Landesgruppe…

Es gibt ja wirklich in der CDU die Krankheit, die kenne ich schon seit Jahren, die äußert sich also immer wieder in selbstmörderischen Äußerungen nur aus Gründen interner Feindseligkeit, interner Rivalitäten oder neidhammelhafter Haltung.

Eine falsche Analyse ist die Quelle des Niedergangs.

Wir Schwarzen müssen (aber) zusammenhalten!

*Die CSU hat trotz des schlechten Ergebnisses den Auf-
trag zur Regierungsbildung erhalten. Was raten Sie
Markus Söder, der wieder eine Koalition mit den
Freien Wählern eingegangen ist. Was raten Sie Söder?*

Ich habe immer betont, dass das Amt des bayerischen
Ministerpräsidenten das schönste Amt der Welt ist.

Anstatt sofort konkrete Themen zu diskutieren, ist es
manchmal ratsam zunächst, eine politische `Tour
d'horizon` zu unternehmen.

Regierungskunst heißt auch, den wichtigsten Partner
so zu behandeln, wie er es verdient.

Das Mögliche tun, das Unmögliche lassen, Grenzen
anerkennen aber großzügig auslegen.

Probleme kann man nicht durch Aussitzen, Ver-
schweigen und Ausschwitzen erledigen.

Vigilia pretium libertatis – frei bleibt nur, wer auf der
Hut ist.

Hart in der Sache, aber verbindlich in der Form.

Und ich meine es gilt heute noch: In Bayern gehen die
Uhren anders. Wenn in Bayern die Uhren wirklich
anders gehen, dann haben wir, soweit die Politik es
vermag, diesen Beitrag zur geistigen Führung unse-

res Landes geleistet, damit in Bayern die Uhren richtig gehen und nicht nach Zeitgeist jeweils verschieden eingestellt werden.
Lieber als leere Versprechungen ist den Menschen ein ehrliches Wort.

Sollte Ministerpräsident Söder weiterhin auch CSU-Vorsitzender bleiben?

Der Politiker, wenn er Erfolg hat, ist immer auch ein Protegé der Geschichte, in guten wie in bösen Zeitläufen.
Er muss bedenken: »Feind, Todfeind, Parteifreund«.
Maximale Lebenserwartung hat ein Politiker, wenn er sich aggressiv in der Politik und defensiv im Straßenverkehr verhält.

In der Coronakrise hat er sich nicht gerade bayerisch-liberal, was Sie immer hochgehalten haben, verhalten.

Ein Politiker, der ein guter Redner sein will, wird immer einiges sagen, was die Leute nicht verstehen.

Ich halte mich an ein Gebet der Kirche, das ich schon als Ministrant mit zunehmender Lateinkenntnis verstanden habe: Er mag gesündigt haben, aber er hat Gott nicht geleugnet, sondern an ihn geglaubt.
Über einen Sünder der Buße tut, herrscht mehr Freude im Himmel als über eintausend Gerechte.

Wie soll es weiter gehen mit der CSU? Eine frühere Spitzenpolitikerin Ihrer Partei, die verstorbene Frau Barbara Stamm hatte gemeint, dass die CSU vor allem wegen der Darstellung von „rechten Themen" verloren hätte. Wie sehen Sie das?

Rechts neben uns ist nur noch die Wand.
Wie gesagt: Unser Ziel muss es sein, und bleiben, dass ohne die CSU in Bayern, sowie ohne und gegen die CDU/CSU in Deutschland nicht das politische Geschick Bayerns und Deutschlands gestaltet werden kann.
Der lang andauernde Erfolg der CSU in Bayern gründet auf unserer Fähigkeit, trittsicher und überzeugend den Weg zwischen Tradition und Innovation, zwischen konservativ und modern zu gehen.

Was empfehlen Sie dem Ministerpräsidenten Söder in seiner Funktion als CSU-Vorsitzender den Wählern zu vermitteln?

Ich bin g'scheit und faul, daher zum Truppenführer geeignet.

Politik wird mit dem Kopf, nicht mit dem Kehlkopf gemacht.

Zur erfolgreichen Rhetorik gehört, nie den Kontakt zu den Zuhörern, seien es einige hundert oder viele tausend, zu verlieren.

Ich bin die Stimme der Partei. Bringen Sie das Geld mit, dann dürfen Sie auch mitreden.

Ich hoffe, es geht dem deutschen Volk nie so schlecht, dass es glaubt, mich zum Bundeskanzler wählen zu müssen.

Sorgen Sie dafür, dass die Freiheit in ihrem Lande, gleichgültig von woher sie bedroht wird, erhalten bleibt.

Bild: wikipedia.org